I0551070

LES BIENFAITS

DE LA NUIT,

ODE qui a concouru pour le Prix de
l'Académie Françoise en 1774.

Par M. ANDRÉ.

Nox ô mihi candida !
Proper...

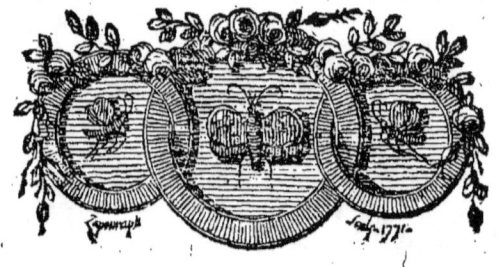

A PARIS,

Chez MONORY, Libraire de S. A. S. Monseigneur
le Prince de Condé, rue de la Comédie Françoise.

M. DCC. LXXIV.

PRÉFACE.

L'ODE que je donne au Public prouve plus
que jamais combien il eſt important de choiſir
des ſujets heureux. Séduit par la partie deſ-
criptive que la Nuit offrait à mon imagination, j'ai entrepris de la chanter. Bientôt
faiſant réflexion que nous ſommes dans un
ſiècle où l'on eſt raſſaſié de vers, & que les
images peuvent plaire un moment, mais fa-
tiguent à la fin, j'ai voulu traiter des choſes
plus intéreſſantes ; j'ai pris la Nuit du côté
philoſophique ; j'ai tâché de montrer aux
hommes l'influence qu'elle a ſur eux ; tout
alors m'a paru de mon reſſort ; l'aſtronomie,
la navigation, la géographie, la politique &
la morale, & voilà ce qui m'a perdu ; j'ai très-
ſouvent fait honneur à la Nuit de ce que le Jour
auroit pu revendiquer à juſte titre ; j'ai été, je
l'avouerai même, un peu ſophiſte ; on peut encore ajouter à cela qu'ayant à renfermer dans
le même cadre des objets ſi diſparates, je n'ai
pas pu paſſer de l'un à l'autre avec facilité. Les

tranſitions de l'Ode devant être très-promptes, j'ai été ſouvent obligé de remplacer les tranſitions d'idées par des tranſitions de mots. On voit que je ſuis ſincère, & que je m'exécute de bonne grâce.

Je ne dis plus qu'un mot, & je finis: j'ai dédié l'année paſſée l'*Épître d'un jeune Poëte*, à cet Homme de Lettres célèbre, & tant de fois vainqueur dans une lice où il devrait être aſſis en qualité de juge. L'Envie eſt fort ombrageuſe; elle s'en eſt alarmée. On a imprimé, je ne ſais où, que j'étais émerveillé de ma démarche, & l'on s'eſt trompé; j'ai peur que l'Envie n'ait elle-même été émerveillée de ce que je n'ai pas fait, comme tant d'autres qui crient tous les ans au Public: « Ce n'eſt pas l'Auteur ›› couronné qui mérite le prix; c'eſt moi: liſez ›› mon chef-d'œuvre ››. Au reſte, je conſeille à l'Envie de prendre patience. Je n'ai que vingt ans; j'en ai peut-être encore ſoixante à vivre, & je les emploierai à rendre juſtice au talent, & à dire courageuſement la vérité.

A PIRRHA.

J'ai l'an paſſé dédié mon Ouvrage
Au tendre ami qui règne ſur mon cœur;
Je l'ai chanté, quoiqu'il fût mon vainqueur:
Mais aujourd'hui l'Amour a mon hommage.
Belle Pirrha, ſans vous, je n'étais rien.
De vingt Cenſeurs la critique indiſcrète
Otait déjà le courage au Poëte;
Je chancelais, vous fûtes mon ſoutien.
En vain alors un ami trop ſévère,
Mais plein de goût, & pour moi très-zélé,
De mon ſujet cherchait à me diſtraire:
En vain, vers lui me voyant rappelé,
Il me diſait, pour m'en diſtraire encore,
Que j'avais beau me ſervir de détour,
Et que la nuit, ſi précieuſe au More,
N'était jamais que l'abſence du jour.
Point n'ai voulu rejeter un Ouvrage
Que je ſavais avoir votre ſuffrage.
Ah! s'il était, ce rigide Cenſeur,
L'heureux mortel que le Dieu d'hymenée
De vos appas fait rendre poſſeſſeur,
Lorſque la nuit dans les cieux ramenée,
Vont réunir l'amour & la pudeur:

Lors, moins surpris de me trouver rebelle,
Notre Censeur, prompt à se rétracter,
Dirait qu'on peut, dans les bras d'une Belle,
Aimer la nuit, & même la chanter.

LES BIENFAITS
DE LA NUIT,
O D E.

Qu'un Poëte plaintif, au milieu des ténèbres,
Pour te chanter, ô Nuit, forme des sons funèbres;
Que ses admirateurs lui dressent des autels :
Moi, je veux, animé d'un plus heureux délire,
     Célébrer sur ma lyre
Les biens dont ta présence enrichit les Mortels.

Quand des lieux où le jour te retenoit captive,
Poursuivant dans les airs la clarté fugitive,
Tu ramènes vers nous ton char silencieux :
Alors à ton pouvoir ne trouvant nul obstacle,
     Tu nous rends le spectacle
Que le soleil naissant avait banni des cieux.

A la voute azurée étincelez encore,
O vous, astres brillans que fit pâlir l'aurore;
Lune, viens présider à cette auguste Cour;
Et toi, dont le passage épouvantait le monde,
     Comète vagabonde,
Parais; l'homme éclairé ne crains plus ton retour.

Brouillards, épurez-vous, & brillez en phosphores;
Étalez à nos yeux, superbes météores,

De vos globes errans la mobile clarté ;
Et vous, qui n'êtes point précurseurs de l'orage,
Éclairs d'heureux préfage,
Signalez par vos feux les chaleurs de l'été.

Que tout reffente, ô Nuit, ton utile influence.
Defcends, heureux fommeil, fur les pas du Silence.
Aux Mortels languiffans prodigue tes pavots ;
Et que l'homme, bercé par de rians menfonges,
Dans la coupe des Songes
Boive paifiblement l'oubli de fes travaux.

Mais je vois de Vénus l'étoile radieufe :
Amans, ne craignez plus la contrainte odieufe
Où le foleil jaloux retenait votre amour ;
Et toi, qui les remplis d'une flamme éthérée,
Aftre de Cythérée,
Reviens leur annoncer la naiffance du jour.

La nuit eft néceffaire aux enfans d'Uranie :
Du fommet d'une tour leur troupe réunie,
Contemple alors le ciel d'étoiles couronné ;
Et, mettant à profit fon règne taciturne,
Obferve fi Saturne
De fon brillant anneau n'eft plus environné.

Intrépides humains, qui, par votre induftrie,
De Neptune & d'Eole enchaînant la furie,
De la vague en courroux repouffez les affauts ;
Vous qui bravant tempête, écueil, calme, Pirate
Vers Bengale ou Surate
Guidez avec fuccès vos fragiles vaiffeaux :

DITES si le soleil vous est toujours propice;
Si le Navigateur, voguant sous son auspice,
Ne s'écarte jamais des lieux qu'il va chercher;
Ou si, des longs détours prévenant les désastres,
Le cours réglé des astres
Rend la nuit moins utile & moins chère au Nocher.

ALLEZ vers la Lybie, & cette terre aride,
Qui, touchant aux déserts de la Zône torride,
Trompe le Voyageur & s'enfuit sous ses pas.
Là des feux du soleil fixé sous le Tropique,
La chûte moins oblique,
Pèse sur la Nature, & flétrit ses appas.

LA, fuyant le soleil en sa sphère immobile,
L'Africain vers les bois traîne son corps débile.
Sur l'arène brûlante il tombe de langueur.
Il attend que du jour la sœur & la rivale
Vienne par intervalle
De ses bras énervés ranimer la vigueur.

LA, le Dieu du Niger, dès que le jour commence,
De ce ciel embrasé redoutant l'inclémence,
Se plonge tout entier au fond de ses roseaux;
Et du fleuve mourant l'urne à demi tarie
Sur la terre flétrie,
Avec plus de lenteur laisse couler ses eaux.

O NUIT, s'il est bien vrai que les beaux Arts volages,
Las de planer long-temps sur nos heureuses plages,

De leurs ailes un jour ombrageront ces champs ;
Peut-être un Africain, de Pindare & d'Horace
    Ofant fuivre la trace,
Doit bientôt, comme moi, te confácrer fes chants.

Mais de combien d'excès l'homme hélas ! eft capable !
Il poffède trop bien la fcience coupable
D'empoifonner, ô Nuit, les dons que tu lui fais !
Et, pour mettre le crime à l'abri du fupplice,
    Il te rend fa complice,
Et s'arme contre nous de tes propres bienfaits.

Tu présidas jadis à des fêtes atroces,
Quand les Carthaginois, pieufement féroces,
Offraient l'homme en victime à leurs barbares Dieux,
Ou lorfque pour Héfus entonnant des cantiques,
    Dans fes forêts antiques
Le Druide à ce monftre immolait nos ayeux.

Il est des maux auffi que ton afpect répare.
Quand fous ton voile épais le Dieu Mars fe prépare
A répandre la mort dans vingt climats divers :
Alors, s'autorifant des loix de l'hymenée,
    La tendre Dionée,
Par l'attrait du plaifir, repeuple l'Univers.

Si parmi tous les Rois que nous vante l'hiftoire,
Un feul, las des lauriers qu'on doit à la Victoire,
Fit régner dans la paix de folides vertus :
Toi feule, ô Nuit, toi feule infpiras ce grand homme ;
    Et c'eft à toi que Rome
Dut peut-être jadis les bienfaits de Titus.

LA NUIT eft le feul tems où d'infames Miniftres,
Par des difcours flatteurs & des confeils finiftres,
Ne puiffent affiéger les oreilles des Rois :
La nuit eft le feul tems où le Prince plus libre,
Dans un jufte équilibre
Balance fes penchans, fes devoirs & fes droits.

LORSQUE ton calme heureux livre l'homme à lui-même,
Titus alors difait : « je veux que Rome m'aime :
» Que le bonheur commun règle mes volontés ; »
Et, déployant le jour toute fa politique,
Il mettait en pratique
Les utiles projets dans la nuit enfantés.

LE jeune homme fenfible, & dont le fang bouillonne,
Rêve alors à l'amour, à la gloire, à Bellone ;
Il en voit les plaifirs, & non pas les horreurs ;
Et le vieillard qui va terminer fa carrière,
Regardant en arrière,
Rappelle fes beaux ans & leurs douces erreurs.

LA NUIT tout eft tranquille, & l'ame eft moins diftraite ;
A l'étude livré, le Sage, en fa retraite,
Par la réflexion s'élève à fon Auteur :
Il bénit fes préfens, l'adore ; & fa penfée
Jufqu'au ciel élancée,
Dépofe fon hommage aux pieds du Créateur.

BIENTÔT quittant le ciel, il defcend fur la terre.
O Rois ! fi vous flattez le démon de la guerre,

Si votre bras terrible eſt trop prompt à punir,
Tremblez : avec les Dieux mon cœur d'intelligence,
   Porte ſans indulgence
L'Arrêt que doit ſur vous prononcer l'Avenir.

Que dis-je ? Loin de moi ce triſte miniſtère !
J'aurai donc à remplir un devoir moins auſtère !
Admirer & louer ſeront mes ſeuls emplois :
Un nouvel Antonin, élevé ſur le Trône,
   Va de la Sâre au Rhône
Faire chérir ſon règne, & reſpecter ſes loix.

Il a bien commencé pour mieux finir encore.
Les vertus que dans lui déjà l'on voit éclore,
Des vertus qu'il aura ſont des gages conſtans ;
Louis ſera ſemblable à ces arbres utiles,
   Qui, doublement fertiles,
Portent dans leur hiver les fruits de leur printemps.

L'homme juste jamais n'encourra ſa diſgrâce.
Minerve à ſes côtés, ſous les traits d'une Grâce,
De nos luths endormis réveillera les ſons.
Et les fils de Cérès, moins chargés de ſubſides,
   De glaives homicides
N'armeront plus leurs bras conſacrés aux Moiſſons.

Alors pendant la nuit je bénirai le Maître
Qu'à nous donner des loix deſtina le grand Être.
Bientôt un doux ſommeil viendra fermer mes yeux ;
Ou, me débarraſſant des chaînes de Morphée,
   Rival heureux d'Orphée,
Je chanterai mon Roi comme il chanta les Dieux.

Souveraine des Arts, belle & riante Fée,
Toi pour qui notre verve, une fois échauffée,
Enfante des travaux au vulgaire inconnus;
Qui des jardins d'Armide as formé la ftructure,
   Et tiffu la ceinture
Dont le Chantre de Smyrne orna jadis Vénus :

Imagination, les Maîtres de la lyre
S'abandonnent bien plus à ton brillant délire,
Lorfque l'obfcurité règne fur l'horizon :
Alors, de leurs cerveaux qu'ont enflammés les veilles
   S'échappent ces merveilles
Qu'ils ne pouvaient le jour tirer de leur prifon.

Alors en diamans ils changent l'humble argile.
Peut-être il était nuit, noble & touchant Virgile,
Quand tu chantas Didon, fa flamme & fes remords;
Et que, peignant du Styx la rive infortunée,
   Tu conduifis Énée
Vers les Champs du Ténare & l'Empire des Morts.

N'inspire pas, ô Nuit, ces détracteurs profanes,
Qui, des illuftres Morts louant toujours les manes,
De leurs contemporains dépriment les talens;
Et qui, verfant le fiel d'une fatire amère,
   Attaqueraient Homère,
Si contre eux pour rempart il n'avait trois mille ans.

Mais daigne au moins verfer ton ombre fecourable
Sur l'homme dont la voix, aux vertus favorable,

N'a fu former jamais que des fons innocens ;
Sur l'homme qui , fuyant une gloire ufurpée ,
  À Narciffe , à Poppée ,
N'a point proftitué fa plume & fon encens.

COMBLE de tes bienfaits ces enfans de la Gloire ,
Qui, marchant, fans fe nuire, au temple de mémoire ,
De l'amitié paifible ont goûté les douceurs ;
Qui furent, réprimant l'audace & la licence,
  Ufer pour l'innocence
De ce faible crédit qu'on accorde aux neuf Sœurs.

SI , par mon zèle enfin fuppléant au génie,
Mon impuiffante voix , à cette lyre unie,
Par un hymne fincère ofa te célébrer ;
Si , confacrés à toi, mes chants ont fu te plaire :
  Pour unique falaire ,
Dans ma retraite , ô Nuit , viens encor m'infpirer.

JE CHANTAIS : & du haut des céleftes demeures ,
Excitant fes courfiers attelés par les heures,
Le Soleil fur les monts dardait fes feux naiffans ;
Et , bientôt rétabli dans fa fplendeur première,
  Le Dieu de la lumière
Fit difparaître l'ombre , & troubla mes accens.

ÉPITRE

A PIRRHA.

AVERTISSEMENT.

AVERTISSEMENT.

L'ÉPÎTRE fuivante eft une de ces produc-
tions auxquelles le cœur a plus de part que
l'efprit. Il eft des momens où le Poëte, en-
feveli dans une mélancolie douce, compofe
des vers fans avoir un objet bien déterminé.
Il exifte toujours, je le fais, une première idée
qui lui fait prendre la plume; mais il ne re-
jette pas pour cela les idées fecondaires qui
fe préfentent à lui. L'homme qui lit à tête
repofée ce que le Poëte compofait avec feu,
apperçoit alors le défordre qui règne dans
l'Ouvrage, & blâme fouvent l'Auteur de
s'être écarté de fon but. Il a tort. Il ne faut
pas toujours que l'Auteur fe dife à lui-même,
avant de compofer: « je dois parler de telle
» chofe, j'entrerai en matière par telle pen-
» fée; j'employerai telle tranfition, & je fini-
» rai par telle tirade. » Cette manière, qui
peut être bonne pour un Ouvrage férieux,
mettrait trop de monotonie dans un Ou-

B

vrage de pur agrément. Qu'importe au Lec-
teur que vous vous écartiez de votre fu-
jet, fi vous l'amufez ? Sachez avec adreffe
y revenir vers la fin, & il fera content.

Quoique cette Épître, à caufe du titre,
paraiffe adreffée à une de ces Beautés ima-
ginaires que nos Poëtes chantent pour fe
défennuyer, qu'on ne s'y trompe pas: la
perfonne que j'ai déguifée fous le nom de
Pirrha, exifte ; elle-même fe reconnaîtra,
fans doute ; c'eft une femme qui joint un
goût exquis à une fenfibilité profonde ; il y
en a de plus belles qu'elle, & qui plaifent
moins qu'elle ; elle a beaucoup d'activité
dans l'efprit, & beaucoup d'indolence dans
les démarches ; elle eft pleine de talens, &
ne s'en fert prefque jamais, foit qu'elle
craigne de fe remuer pour les faire briller,
foit qu'elle fache, (comme nous avons tous
la confcience de nos propres forces) qu'elle
n'en a pas befoin pour plaire ; elle eft rare-
ment bien frifée, parce qu'il lui paraît ab-
furde de refter cinq heures à fa toilette,
quand on peut fe faire adorer de tout le

monde en n'y reftant qu'une minute. Son
ajuftement péche toujours par quelque endroit; il y a toujours quelque épingle mal
attachée: mais toutes ces négligences ne la
rendent que plus intéreffante; il femble que
ce foit pour elle que la Fontaine ait fait ce
vers charmant:

Et la grâce plus belle encor que la beauté.

Enfin, elle eft du petit nombre de femmes
dans le commerce defquelles les Gens-de-
Lettres peuvent oublier, & les injuftices des
cabales, & les manœuvres de l'envie, &
même les inconvéniens de la gloire; elle eft
du petit nombre de femmes que l'on peut
calomnier, parce que l'on ne calomnie jamais que le mérite; du petit nombre de
femmes dont des gens fans aveu diront du
mal, parce que les ames étroites ne font pas
faites pour apprécier les ames nobles &
grandes; parce qu'on eft toujours porté à
médire de ce qui ne reffemble pas à foi, &
que rien ne reffemble moins à la baffeffe que
la dignité, à l'efprit que la bêtife, & à

l'ignorance pédantefque & collégiale que la fcience affable. J'avais promis à cette femme charmante de lui faire fon portrait ; j'ai tenu parole, & mon cœur me dit qu'il eft reffemblant.

ÉPITRE

A PIRRHA.

Paris vous importune, & vous l'abandonnez!
Déjà pour le départ les ordres sont donnés :
Déjà de vos apprêts les foyers retentissent;
La voiture s'ébranle & les chevaux hennissent.
Tandis que la campagne où vous portez vos pas,
Riante à votre aspect, belle de vos appas,
Du plaisir qui vous suit va devenir l'asyle,
Il faut donc qu'avec moi l'ennui reste à la Ville ?

Jadis quand mon esprit, sans essor, sans vigueur,
D'une Muse indocile éprouvait la rigueur;
Quand maudissant un Art que j'abhorre... que j'aime,
J'étais las du travail, & presque de moi-même;
Alors j'allais vous voir : le son de votre voix
M'invitait à subir de plus aimables loix.
J'oubliais près de vous, en cherchant à vous plaire,
Et la gloire qui trompe & n'est qu'une chimère,
Et tous ces vains honneurs, si chers à nos souhaits,
Enfans de l'amour-propre & pères des regrets.
Aujourd'hui qu'à nos yeux vous allez vous soustraire,
Hélas! de mes chagrins qui pourra me distraire ?

Ah! que je puisse au moins vous suivre dans les champs:
Nous jouirons tous deux de leurs plaisirs touchans.
Sur un tertre élevé portant nos rêveries,
Nous verrons les Bergers épars dans les prairies,
La houlette à la main, rassembler leurs troupeaux.
Les champs retentiront des agrestes pipeaux.
Tantôt, suivant des bois la route irrégulière,
Un pin nous prêtera son ombre hospitalière.
Nous mêlerons nos voix aux concerts des oiseaux.
Ou, tantôt écoutant le murmure des eaux,
Qui seul des bois muets troublera le silence,
Nos yeux du doux sommeil sentiront l'influence.
Oh! que ne puis-je alors, averti par l'Amour,
Ouvrir l'œil, le premier, à la clarté du jour!
Comme j'empêcherai que rien ne te réveille!
Qu'une Belle est touchante alors qu'elle sommeille!
Comme l'on voit les ris sur ses lèvres errer!
Et comme à ses desirs on voudrait se livrer!
Ah! pardonne du moins si cette aimable vue
Allume dans mes sens une flamme imprévue;
Si j'approche en silence; &, par un doux larcin,
Je cueille avec transport un baiser sur ton sein.
Un Faune, en pareil cas, oserait davantage:
Pour moi, dont le respect fut toujours le partage,
Je sais trop qu'un Amant qui contraint ses desirs,
En les sacrifiant, double encor ses plaisirs.

Quelquefois devançant l'Amante de Céphale
Au pâle demi-jour de l'aube matinale,

J'irai feul parcourir & les champs & les bois.
Et quand le chalumeau parlera fous mes doigts,
(Car la lyre fuperbe & la trompette altière
Pourraient effaroucher la timide Bergère,)
On croira que le Dieu, protecteur des forêts,
Vient conter aux échos fes amoureux regrets,
Et, pour fe confoler, de fa bouche brûlante
Preffe encor le rofeau qui cache fon Amante.

ALORS je fufpendrai mes champêtres accords,
Pour fuivre les ruiffeaux & leurs humides bords.
Des montagnes, des bois, Diane, fois jaloufe;
Moi, j'aime mieux les prés & leur molle peloufe :
Mon pied par les cailloux fur les roches heurté,
Gliffera fur la mouffe avec légèreté.
Si, mefurant de l'œil cette plaine émaillée,
Je découvre un endroit où l'herbe plus foulée
N'ait pu reprendre encor fa première fraîcheur ;
Comme dans ce moment palpitera mon cœur !
Sans doute je croirai que fans force, épuifée,
La veille en cet endroit Pirrha s'eft repofée.
C'eft ici, m'écrirai-je avec émotion,
Que fa bouche mi-clofe a preffé le gazon,
Tandis que fes cheveux flottans à l'aventure,
De leurs anneaux épars ombrageaient la verdure.
Alors le Dieu des Vers s'emparera de moi.
Tous ceux que je ferai, Pirrha, feront pour toi.
Je peindrai tes appas, tes talens, ton génie,
Et mes accens auront cette douce harmonie,

B iv

Cette molleſſe heureuſe & ces tours variés,
Que l'ami de Mécène a ſi bien employés,
Lorſque dans Tivoli, plein d'une aimable ivreſſe,
Il célébrait le vin, l'amour & la pareſſe.

LE SOIR je reviendrai ſoumettre à tes avis
Et mes vers incorrects, & mes chants peu ſuivis,
Tu daigneras alors oublier le ravage
Qu'un mal contagieux a fait ſur mon viſage.
L'eſprit fut de tout temps un maſque reſpecté
Qu'emprunta la laideur pour plaire à la beauté.
Je ne ſuis point, Pirrha, de ces hommes perfides,
Qui, faiſant tous les jours des conquêtes rapides,
Forment tranquillement le projet odieux
De perdre la Beauté qui s'attendrit pour eux,
Et pour nuire avec art, élèvent juſqu'aux nues
Des faveurs que peut-être ils n'ont jamais reçues.
Je ſuis plus délicat: ou, ſi dans mon ardeur,
J'oſe manifeſter le ſecret de mon cœur;
Je le révèle en vers: quoique ſans conſéquence,
Les vers mènent ſouvent bien plus loin qu'on ne penſe;
Et l'on n'a pas toûjours, j'en rends grâces à Dieu,
Des Beautés en courroux qui les jettent au feu.

FEMMES, à vous chanter déformais je m'engage.
Hélas! il fut un temps où, malgré mon jeune âge,
Tout entier à la gloire, & d'elle ſeule épris,
Je n'avais pour l'Amour que haine & que mépris.

Vous êtes bien vengé, sexe que j'idolâtre:
J'ai vu Pirrha; son air engageant & folâtre,
Ses talens séducteurs, son esprit, sa beauté
Ont maîtrisé mon ame, & vaincu ma fierté.
J'ai même dans mes fers trouvé quelqu'avantage:
Mon style jadis froid, avant mon esclavage,
Aujourd'hui que d'amour mon cœur est consumé,
Est plus fort, plus rapide & moins inanimé.
Et lorsque je peindrai ces braves Insulaires, *
Qui, voisins des Chinois qu'ils ne fréquentent guères,
Entre deux passions partagés tour-à-tour,
Portent jusqu'à l'excès la vengeance & l'amour:
Je marquerai mes Vers, grâce au feu qui m'enflamme,
D'une empreinte brûlante & du sceau de mon ame.

Mais déjà je crois voir le Censeur *Ariston*
Me demander pourquoi j'ose prendre ce ton?
Pourquoi je fais des Vers sans suite, sans méthode?
Me dire que l'on peut s'égarer dans une Ode;
Mais que l'Épître est sage, & n'admet point d'écart,
Et qu'enfin de Pirrha j'oubliais le départ.
Eh! tu ne vois donc pas, homme dur & sauvage,
Que je laisse à dessein ce funeste voyage,
Et que, pour en chasser le triste souvenir,
Mon cœur d'objets plus doux cherche à s'entretenir.
Las de suivre toujours une route importune,
Souvent le voyageur se livre à la fortune,

---

* L'Auteur travaille à une Tragédie des Japonais.

Et pour charmer ſes maux, cherchant quelque agrément,
Sous des berceaux fleuris va ſe perdre un moment.
Eh ! n'aurait-il pas lieu de ſe mettre en colère,
Si quelqu'un par haſard venait lui dire : frère,
Crois-moi, vers ces taillis ne porte point tes pas :
Ce ſentier à ton but ne te conduirait pas :
Pourquoi veux-tu tenter une route inconnue ?
Marche à droite : avec moi reprends cette avenue :
Et de l'autre côté le tirant par la main,
Malgré lui le mettait dans ſon maudit chemin ?

Cenſeur, voilà pourtant ce que tu viens de faire :
Sur ce triſte départ je ne puis plus me taire.
Il me porte, Pirrha, les plus ſenſibles coups,
Et, pour m'en conſoler, je vais penſer à vous.

ÉPITRE

D'UN JEUNE POETE

A UN JEUNE GUERRIER.

Sic itur ad astra.

SECONDE ÉDITION.

AVERTISSEMENT.

L'ACCUEIL que le Public a daigné faire à cette Épître, m'a engagé à lui en offrir une seconde Édition ; j'ai tâché de la rendre plus digne de lui ; j'ai corrigé plusieurs expressions vicieuses ; j'ai retranché & ajouté plusieurs vers. On m'a reproché l'année passée trois vers que j'avais mis sur les Instituteurs ; je suis si éloigné de croire que j'ai tort, que j'en ai fait huit autres pour mieux développer ma pensée. Je sais qu'il peut y avoir des abus dans l'éducation particulière ; mais je ne crois pas qu'ils soient si dangereux que ceux de l'éducation des Colléges. Les mœurs y gagneront du moins, & c'est toujours un grand avantage. On a eu la bonne foi de m'attribuer ce que je fais dire à mon jeune Poëte sur ses enfans. On n'a pas vu, ou l'on n'a pas fait semblant de voir qu'ayant à peindre un jeune homme que l'amour de la Gloire & de la Poësie transporte, il fallait nécessairement qu'il parût avoir la plus haute idée de son état, & que si je l'avais repréfenté autrement, je n'aurais peint ni un jeune homme ni un Poëte. On m'objectera peut-être que Racine, le Grand Racine, exhortait fes enfans à ne pas marcher fur fes traces. A cela je réponds que Racine était alors dans un âge où l'on eft bien détrompé fur la gloire; où l'on s'apprécie bien mieux; & qu'affurément il n'aurait pas parlé ainfi à vingt ans.

ÉPITRE

D'UN JEUNE POETE

A UN JEUNE GUERRIER.

Bellone enfin l'emporte, & tu choisis les armes.
Aux douceurs du repos préférant les alarmes,
Tu vas chercher, Damis, sous les drapeaux de Mars,
Une gloire pénible, & d'illustres hasards.
J'adore aussi la gloire : & sa flamme puissante
Dans mon cœur qu'elle embrase est toujours renaissante ;
Impénétrable aux traits des autres passions,
J'éprouve ces desirs & ces émotions,
Ces rapides élans que mon ame agrandie
Prend pour l'aveu du Ciel, & l'instinct du génie.
Mais est-ce assez? Damis ; ce rang, cette splendeur,
Ce tribut de respects qu'on paye à ta grandeur,
Cet accès près du Trône, & ces honneurs suprêmes,
Ces Écussons chargés de devises, d'emblêmes,
Tout enfin, devant toi chassant l'obscurité,
T'applanit le chemin de l'immortalité.
Pour moi, je ne vois rien où mon espoir se fonde.
Comment pourrai-je, hélas ! percer la nuit profonde
Que le Sort répandit autour de mon berceau ?
O Gloire ! devant moi fais briller ton flambeau.

O Gloire! ame du monde, aimable enchantereſſe,
Accours, remplis mes ſens de ta ſublime ivreſſe.
Mère des vrais Héros, Déeſſe des grands cœurs,
Toi ſeule ouvres la lice, & nommes les vainqueurs :
Des Talens & des Arts je parcours la carrière ;
Je voudrais d'un élan la franchir toute entière ;
Surpaſſer Euripide, Homère, Cicéron ;
Rival heureux d'Appelle, & vainqueur de Myron,
Faire revivre en moi leur gloire reunie ;
Joindre le luth d'Orphée au compas d'Uranie ;
Les palmes des Talens aux palmes des Guerriers ;
Remporter tous les Prix ; cueillir tous les lauriers ;
En ceindre chaque jour ma tête triomphante.

QUELS PROJETS inſenſés mon vain délire enfante !
O ſouhaits malheureux ! ô trop fragile eſpoir !
L'homme ſouvent perd tout quand il veut tout avoir.
Ainſi dans un verger enrichi par Pomone,
Où le ſoleil mûrit les préſens de l'Automne,
Nous voyons quelquefois des arbres étouffés
Par vingt fruits différens ſur leurs tiges greffés.
Que l'Art heureux des vers ſoit le ſeul que j'embraſſe :
Des Chantres immortels je veux ſuivre la trace,
Et m'élever un jour au Temple radieux
Où la Gloire autrefois plaça ces demi-Dieux.

Toi, de mes chants, Damis, fournis-moi la matière.
Déjà la Paix s'envole : & la Diſcorde altière *

* On s'attendait alors à avoir la Guerre.

Va

Va changer à fon gré le deftin des États,
Du Nord qu'elle déchire armer les Potentats,
Et, repaffant foudain les Mers hyperborées,
Nous apporter les maux de ces triftes contrées.

D'un œil ferme & tranquille affronte le trépas.
Que la gloire t'anime & dirige tes pas.
Un Guerrier jeune encore eft fouvent téméraire :
A ta valeur, ami, mets un frein néceffaire.
Obéis à tes Chefs : & peut-être qu'un jour
Je te verrai, Damis, commander à ton tour.
Sur-tout que la clémence éternife ta gloire :
J'aime à voir un Héros gémir fur fa victoire.
Malheur à ce Mortel, à ce Monftre abhorré,
Qui, bourrèau des humains fous un titre facré,
Au beau nom de Héros croirait faire une offenfe
S'il ne maffacrait pas le vaincu fans défenfe ;
Et cruel de fang-froid, féroce fans remord,
Ne ceffe de frapper qu'en vous donnant la mort!
Si quelque Ville enfin par tes armes contrainte,
De fes murs foudroyés t'abandonne l'enceinte ;
Réprime tes foldats : que les Arts exilés
Rentrent dans leur féjour, par tes foins rappelés ;
Ah! ne mets point ta gloire à paraître barbare ;
Sois un autre Alexandre, & refpecte Pindare.

Alors permets, Damis, que j'élève ma voix :
Qu'en vers harmonieux célébrant tes exploits,

C

A l'aide de ton nom ma Muse se soûtienne ;
J'établirai ma gloire en consacrant la tienne.

L'ART de louer, Damis, cet art si dangereux,
Entre les mains du Sage est un ressort heureux,
Qui sert à rallumer ces généreuses flammes
Que l'amour du repos éteindrait dans nos ames.
Animé par ma voix, vole avec nos Français
De dangers en dangers, de succès en succès.
N'imite pas, Damis, la molle nonchalance
De ces jeunes Guerriers vaincus par l'indolence,
Qui, contens d'un laurier qu'ils ont daigné cueillir,
Dans le champ de l'honneur refusent de vieillir.

MOI, tandis que ton bras se consacre à Bellone,
Je veux à mes rivaux disputer la couronne,
Et mériter des Prix peut-être aussi brillans,
Par des combats plus doux, & des jeux moins sanglans.

HÉLAS ! l'Auteur divin qui crayonna Zopire,
Et l'ame de Brutus, & le cœur de Zaïre ;
Qui sut dans ses écrits se montrer à-la-fois
Poëte, Philosophe, & Précepteur des Rois ;
Qui réunit enfin dans son esprit fertile
Sophocle, Euclide, Plaute, Arioste & Virgile ;
Ce grand Homme déjà penche vers le cercueil. *
Déjà la Parque est prête : & les Muses en deuil

---

* Tout le monde sait que M. de Voltaire a été dangereuse-
ment malade en 1773.

(35)

Croyant de ſes beaux jours voir la trame coupée,
Annoncent par des cris leur perte anticipée.
O Ciel! ſuſpénds l'arrêt prononcé contre lui.
Voltaire des Talens eſt la gloire & l'appui.
Eh! qui remplacerait cet homme inimitable?
Mais, ſi tel eſt du Sort l'arrêt irrévocable;
Si ce front tant de fois de palmes couronné,
De la nuit du trépas doit être environné;
Puiſſent quelques débris de ſon vaſte héritage,
Lorſqu'il ne vivra plus, me tomber en partage!
Puiſſe-t-il me léguer les ſecrets de ſon Art,
Sa lyre, ſon génie, & ſur-tout ce poignard,
Ce poignard ſi tranchant dont l'arma Melpomène!
Ah! c'eſt alors, Damis, qu'étalant ſur la Scène
Ces menſonges heureux, ces preſtiges puiſſans,
Que l'eſprit inventa pour émouvoir les ſens,
Ces Drames où de l'Art l'innocente impoſture,
Pour déchirer les cœurs, imite la Nature,
Peut-être je pourrais aux ſiècles à venir
Tranſmettre de mon nom l'éclatant ſouvenir.
Je braverais alors les ſerpens de l'Envie;
Ils ſiffleraient en vain. Cette horrible Furie,
Exhalant de ſa bouche un poiſon deſtructeur,
Voudrait anéantir dans ſa ſombre fureur
Le Guerrier qui s'illuſtre ainſi que le Poëte;
Mais encore un triomphe, & l'Envie eſt muette.
L'Envie eſt ſur la terre, & leur front touche aux Cieux.
Le fils du Mont Liban, le cèdre audacieux,

C ij

Regarde avec dédain ces végétaux immondes
Qui rongent en rampant ses racines profondes.
En vain de sa substance ils veulent se nourrir :
Les frimats de l'hiver les font bientôt mourir,
Tandis que plus pompeux, plus ferme & plus auguste,
L'arbre étale à cent ans sa vieillesse robuste.
En vain de vils rivaux, d'obscurs persécuteurs
Poussaient contre *Villars* d'insolentes clameurs ;
Villars leur répondait par une autre victoire.
Imitons sa réponse en méritant sa gloire.

HÉLAS ! il est un temps où le bras sans vigueur
Ne peut plus se mouvoir & servir la valeur.
L'imagination par l'âge refroidie,
Est moins féconde alors, moins vive, moins hardie ;
Je sais que des Héros, dans l'hiver de leurs ans,
Ont fait briller encor le feu de leur printemps ;
Que, semblable à Sophocle, on voit l'heureux Voltaire
Couronner de lauriers sa tête octogénaire ;
Mais cet exemple est rare autant que glorieux.
Crois-moi, Damis, crois-moi, c'est un présent des Dieux.
Nul ne peut l'espérer, nul n'a droit de l'attendre.
Respectons ce bienfait : gardons-nous d'y prétendre.

A SE FLATTER, Ami, l'amour-propre est enclin.
Quand nous verrons nos jours panchés vers leur déclin ;
Quand les infirmités qui suivent la vieillesse,
Viendront de notre corps accabler la faiblesse ;
Suspendons nos travaux : & n'ayons pas l'orgueil
De forcer la nature, & de franchir l'écueil.

D'autres temps, d'autres foins: fi, pendant ta carrière,
Le Ciel, ainfi qu'à moi, t'a permis d'être père:
Cultive alors, Damis, ces rejetons naiffans,
Héritiers de ta gloire, autour de toi croiffans.
Mais ne te borne pas à des foins ordinaires.
Malheur à qui tranfmet à des mains mercenaires,
A des hommes gagés, ces droits fi précieux,
Ces droits aux pères feuls réfervés par les Dieux!
Eh! comment pourraient-ils, ces vils célibataires,
Élever nos enfans, s'ils n'ont pas été pères?
S'ils n'ont jamais ferré dans leurs bras amoureux
Une époufe charmante & fenfible à leurs feux?
Peut-être ils prétendront les former pour le monde,
Quand ils gardent fans ceffe une prifon profonde?
Au fein du cercle étroit qu'ils ne franchiffent pas,
Connaîtront-ils les mœurs des différens États?
Voit-on l'aigle commettre à ces oifeaux funèbres
Qu'importune le jour, que charment les ténèbres,
Le foin de cet aiglon, dont l'œil vif & perçant
Doit fixer du foleil le difque éblouiffant?
Au-deffus des rochers, loin des routes connues,
Lui-même il l'accoutume à planer dans les nues;
Et l'aiglon généreux, par l'exemple enhardi,
Du Nord à l'Orient, du Couchant au Midi,
Signale fous le ciel fon audace première
Et vole fe plonger dans des flots de lumière.

Eh! que font à tes fils les antiques exploits
Des Grecs & des Romains, célébrés tant de fois?

Ne peut-on leur vanter que les palmes d'Arbelles?
Nous avons remporté des victoires plus belles.
Au lieu de Marathon, parle-leur de Rocroi.
Qu'ils fachent que ton père aux champs de Fontenoi
A prodigué son sang sous les yeux de ses Maîtres.
Fais-leur jurer, Ami, d'imiter leurs ancêtres.

Moi, je veux que mes fils marchent dans ces sentiers
Où Corneille & Racine ont cueilli leurs lauriers.
Qu'ils courent étancher la soif qui les dévore.
Aux sources du Permesse on peut puiser encore.
Eh! quand par nos enfans nous serions surpassés;
Quand ils effaceraient nos triomphes passés;
Sans en être jaloux, jouissons de leur gloire.
Les demi-Dieux assis au Temple de Mémoire,
Au sein de l'alégresse oubliant leurs travaux,
D'un air doux & serein contemplent leurs rivaux:
Ces Héros savourant le nectar, l'ambrosie,
Regardent sans regret, comme sans jalousie,
Leurs convives heureux, de splendeur revêtus,
Attacher sur leurs fronts quelques palmes de plus.

Lu & approuvé, ce 4 Août 1774. MARIN.

Vu l'Approbation. Permis d'imprimer ce 5 Août 1774.
DE SARTINE.

De l'Imprimerie de M. LAMBERT, rue de la Harpe.

www.ingramcontent.com/pod-product-compliance
Lightning Source LLC
Chambersburg PA
CBHW071255210626
46818CB00013B/1458

* 9 7 8 2 0 1 3 7 5 9 8 4 7 *